Yadi

Junie B. en primer grado®
¡Aloha, ja!

Títulos de la serie en español de Junie B. Jones

Junie B. Jones y el negocio del mono

Junie B. Jones espía un poquirritín

Junie B. Jones y su gran bocota

Junie B. Jones ama a Warren, el Hermoso

Junie B. Jones y el cumpleaños del malo de Jim

Junie B. Jones y el horrible pastel de frutas

Junie B. Jones tiene un "pío pío" en el bolsillo

Junie B. Jones tiene un monstruo debajo de la cama

Junie B. Jones es una peluquera

Junie B. Jones no es una ladrona

Junie B. Jones duerme en una mansión

Junie B. Jones busca una mascota

Junie B. Jones y la tarjeta de San "Valientín"

Junie B. Jones y el autobús tonto y apestoso

Junie B. Jones es la capitana del Día de Juegos

Junie B. en primer grado (¡por fin!)

Junie B. en primer grado es la jefa de la cafetería

Junie B. en primer grado hace trampas

Junie B. en primer grado pierde un diente

Junie B. en primer grado es una carabela

Junie B. en primer grado: ¡Buu! y más que ¡buu!

Junie B. en primer grado es un espectáculo

Junie B. en primer grado: Navidad, Navidad (¡qué calamidad!)

BARBARA PARK

Junie B. en primer grado
¡Aloha, ja!

ilustrado por Denise Brunkus

SCHOLASTIC INC.

A la absolutamente indispensable, completamente irreemplazable,
ocasionalmente emocionante, pero siempre adorable...
Cathy Goldsmith

Originally published in English as *Junie B., First Grader: Aloha-ha-ha!*
Translated by Juan Pablo Lombana

ISBN 978-0-545-49250-8

12 11 10 9 8 7 6 5 4 3 2 1   13 14 15 16 17 18/0

Prin... 40
First Scholastic Spanish printing, January 2013

NOTA DEL EDITOR: Al igual que en la versión original en inglés, los
errores gramaticales y de uso de algunas palabras que aparecen en el
libro son intencionales y ayudan al lector a identificarse con el personaje.

Contenido

1. Borotada   1
2. Paraíso   10
3. Una nueva amiga   26
4. Ser un sándwich   36
5. Apretado   54
6. Gallina del mar   69
7. Cabeza de flores   85
8. Haciendo *clic*   99
9. ¡Aloha!   112

1

Borotada

Viernes

Querido diario de primer grado:

  ¡Buenas noticias!

  ¡Buenas noticias!

  Anoche mi papá me dio un notición. ¡Y se llama que toda la familia se va a ir de ~~vakaziones~~ vacaciones! Y va a ser la mejor época de nuestras vidas, ¡te lo digo desde ya!

> Estoy tratando de que no se me escape la noticia hasta la hora de Mostrar y Contar. Pero no creo que pueda esperar tanto. Por eso voy a pedirle a mi maestro que hagamos esa actividad ¡AHORA MISMO!
>
> Continuará...

Paré de escribir y alcé la mano.

El Sr. Susto no me estaba mirando.

Cuando los maestros no te miran, tienes que pararte y gritar. O si no, ¿cómo se supone que te van a ver?

Me paré y grité.

—¡SR. S.! ¡SR. S.! ¿SE PUEDE SABER CUÁNTO FALTA PARA MOSTRAR Y CONTAR?

El Sr. Susto hizo un *fruncido*.

No debo llamarlo Sr. S., creo.

—Por favor, Junie B., siéntate —dijo—. Todavía estamos escribiendo en los diarios. Y cuando escribimos en los diarios hay que hacer silencio.

—Ya sé —dije—. Solo que quisiera que acabemos ya y comencemos con Mostrar y Contar.

El Sr. Susto se mordió los cachetes.

—Siéntate —dijo otra vez—. Dentro de poco haremos Mostrar y Contar.

—¿Cuántos minutos es dentro de poco? —dije mirando el reloj—. ¿Un minuto o siete minutos o doce minutos? Si es un minuto, entonces puedo esperar, creo. Pero doce minutos sería imposible.

El Sr. Susto caminó hasta mi pupitre y me sentó en mi asiento.

—Solo quiero un número aproximado —dije mirándolo.

En ese momento, la niña que se sienta en el pupitre de al lado, la tal May, se me acercó y me hizo un ¡SHH! gigante en la cara.

Yo me limpié el cachete volando.

—¡PUAJ! —resoplé—. ¡PUAJ! ¡PUAJ! ¡PUAJ!

Es que May me echó un *escupido*, ¡por

eso! ¡Y *escupido* es la palabra de los grandes para decir babas!

Entonces corrí hasta la parte de atrás del salón. Y me subí en el banco para abrir la llave del agua. Pero el Sr. Susto me ganó.

Mojó una toalla de papel y me limpió la cara.

—Gracias —le dije—. Lo necesitaba.

El Sr. Susto puso los ojos en blanco.

—Hoy estás muy alborotada, ¿no es cierto, Junie B.? —me preguntó.

Yo me rasqué la cabeza por ese vocabulario.

—Bueno —le dije—, no sé qué es eso.

—Alborotada —repitió el Sr. Susto—. Alborotada significa...

La voz de May interrumpió:

—¡Borotada significa que te portas mal, Junie Jones! ¡Mal, mal, mal, mal, mal!

Me volteé para mirar a la niña esa.

Su asiento estaba virado hacia la parte de atrás del salón.

Me estaba mirando como un público.

El Sr. Susto se pasó la mano por el pelo.

Fue hasta el pupitre de May. Y lo viró hacia el frente del salón.

Los maestros pierden mucho tiempo sentando bien a la gente.

Después, volvió y se arrodilló a mi lado. Y me habló bajito.

—Junie B., sé que estás emocionada —susurró—. Tu mamá me llamó anoche y me contó sobre tus vacaciones la próxima semana.

Yo alcé los brazos muy contenta. Y brinqué muy alto en el aire.

—¡Me muero de ganas porque llegue ese

dichoso día, Sr. Susto! —dije—. ¡Ya no aguanto más!

El Sr. Susto me sujetó los brazos. Y no dejó que siguiera brincando.

—Bueno, esto es lo que significa *alborotada* —dijo—. De verdad necesito que te tranquilices hasta que hagamos Mostrar y Contar, Junie B. ¿Puedes calmarte, por favor?

Lo pensé por un segundo. Y subí los hombros.

—Seguro, aunque no sé si puedo —dije—. Porque ya estoy tratando de calmarme y mire.

Mi maestro se tocó la barbilla.

—Quizá podamos hacer un trato —dijo—. ¿Qué te parece esto? Si te quedas quieta y callada hasta que hagamos Mostrar y Contar, dejaré que vayas de primera. ¿Qué crees?

Yo salté arriba y abajo con esa gran noticia.

—¡Es un T-R-A-D-O! —dije.

—Querrás decir T-R-A-T-O —dijo el Sr. Susto—. *Trato* se escribe con dos tes, Junie B.

—Lo que sea —dije.

Después de eso, me puse a dar vueltas muy feliz. Giré tanto que me caí al suelo sin querer.

Y tumbé el cubo de basura y el banco que está frente al lavabo.

Todos en el Salón Uno se voltearon a mirarme, pero yo me senté y alcé la mano.

—No se asusten, gente, estoy perfectamente bien —dije.

Después de eso, me paré y me sacudí la ropa. Luego volví a mi puesto.

Y volví a mirar el reloj.

Casi ningún minuto había pasado.

Bajé la cabeza tristona.

El tiempo es tan lento como una tortuga.

2

Paraíso

Todos en el salón se demoraron horas y horas escribiendo en sus diarios.

Hasta que por fin, por fin, por fin... ¡comenzaron a terminar!

¡Y finalmente! ¡LLEGÓ LA HORA DE MOSTRAR Y CONTAR!

Mis piernas salieron corriendo hasta el frente del salón.

Entonces, volví a brincar.

—¡VACACIONES! —grité—. ¡VACACIONES! ¡ME VOY DE VACACIONES!

Solo que peor para mí. Porque mientras brincaba me volví a caer.

Esta vez, a todos les dio un ataque de risa.

Y yo me enojé.

"Tengo que dejar de brincar", me dije muy *piensadora*.

El Sr. Susto pidió silencio.

—Niños y niñas, Junie B. está emocionada porque anoche se enteró que se va de vacaciones —dijo, y me guiñó un ojo—. Diles a dónde vas, Junie B.

Yo respiré muy profundo.

¡Y las palabras me salieron gritando!

—¡HAWÁI, GENTE! ¡ME VOY A HAWÁI! ¡ME VOY ESTE MISMO DOMINGO!

Todos abrieron la boca.

Todos, menos la ricachona de Lucille,

que estiró los brazos y *hizo* un bostezo gigante.

—Hawái, blah. Ya estuve ahí... —dijo aburrida.

Entonces se paró.

Y dio una vuelta.

Y volvió a sentarse.

Mi amiga que se llama Shirley también se paró.

—Pues yo nunca he estado ahí —dijo—. ¡Es increíble, Junie B.! ¿De verdad vas a ir a Hawái?

—¡Sí, Shirley! ¡De verdad! —dije—. ¡Ha sido la mayor sorpresa de mi carrera, te lo digo! ¡Papá me dijo anoche que va a ir a una entrevista de trabajo en Hawái! ¡Y nos sorprendió a mí y a mi mamá con dos boletos!

Me puse a bailar alrededor de mi maestro llena de alegría.

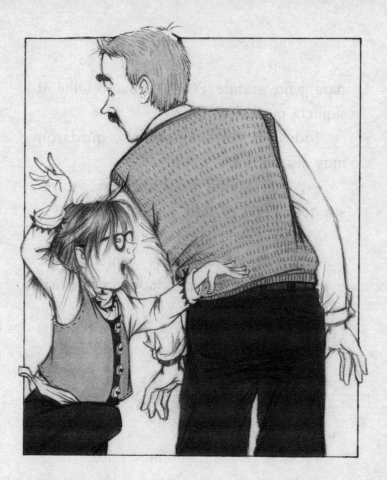

—¡Y esa no es la mejor parte! —dije—.
Porque papá me dijo que este viaje solo es

para gente grande. ¡Y mi hermano Ollie ni siquiera puede ir!

Todos los del Salón Uno se quedaron muy quietos.

—¡Vaya! —dijo mi amigo José—. ¿O sea que tú eres grande, Junie B.?

Moví la cabeza muy rápida.

—Sí, claro, José. Soy gente grande —dije—. Por eso anoche pude leer el folleto del viaje con mi mamá. Y el folleto dice que Hawái es un verdadero paraíso.

El Sr. Susto sonrió.

—¿Ah, sí? ¿Un paraíso? Esa es una muy buena palabra, Junie B. ¿Quién sabe qué quiere decir *paraíso*?

Sheldon alzó la mano muy veloz.

—¡Yo sé! ¡Yo sé! —gritó—. Mi abuelo Ned Potts tiene un *paráiso* en la caca y ahora mi abuela no lo deja comer dulces.

May saltó y señaló a Sheldon.

—¡Sheldon dijo una mala palabra! —gritó—. Solo podemos hablar de eso si vamos a ir al baño.

—Mira, May —dijo el Sr. Susto muy serio—, Sheldon estaba tratando de explicar algo que requería el uso de esa palabra, así que no dijo nada malo.

—Bueno —dijo May dudosa mientras volvía a sentarse—, pensé que lo debía regañar.

Después de eso, el Sr. Susto escribió la palabra PARAÍSO en la pizarra.

Y se volteó y miró a Sheldon.

—Sheldon —dijo—, la palabra es *paraíso*, no *parásito*.

—No creo que a mi abuela le importe cómo se escribe —dijo Sheldon—. De ninguna manera va a dejar que mi abuelo coma dulces.

El Sr. Susto cerró los ojos por un minuto.

Después fue al lavabo y tomó un poco de agua.

De regreso, se detuvo junto al mapa que está en la pared y le mostró al Salón Uno dónde está Hawái.

—Niños y niñas —dijo—, estas islas del Pacífico son las principales islas que conforman el estado de Hawái.

Luego buscó el mapamundi que estaba en el estante y me pidió que fuera por el salón mostrándoselo a todos.

Yo pasé por todos los puestos.

—¡Vaya! —dijo Roger—. Hawái parece un montón de puntitos flotando en el mar.

—Ya lo sé, Roger —dije—. Pero mi mamá dice que esos puntitos son más grandes en persona.

—Son mucho más grandes en persona, Junie B. —dijo el Sr. Susto riéndose—. Y no están flotando, Roger. Así que no te preocupes, que Junie B. no va a estar a la deriva.

—Puf —murmuró May.

Yo la ignoré y puse el mapamundi en su lugar. Y volví al frente del salón.

—También sé muchas cosas más sobre Hawái —dije—. El folleto que mi mamá leyó decía que allí hay muchas flores y pájaros. También decía que Hawái fue formada por unos volcanes que hicieron erupción.

Pensé por un segundo y continué:

—Decía otras tonterías más, pero me aburrí y dejé de prestar atención.

—Los volcanes son muy interesantes —dijo el Sr. Susto—. De los volcanes en erupción sale lava. Y después de millones de años, la lava puede formar islas. De hecho, todavía hay dos volcanes activos en Hawái.

Yo me quedé ahí muy quieta. Y dejé que esa noticia se *sentara* en mi cabeza.

—Ya —dije—, pero la cosa es que yo no sabía que hubiera un problema de erupción.

May volvió a saltar de su asiento.

—Ahora sí me alegra no ir a Hawái —gritó—. ¿Quién quiere ser erupcionada por un volcán caliente? Si te erupciona encima, se te arruinan las vacaciones.

El Sr. Susto se chupó los cachetes.

—Ningún volcán va a hacer erupción encima de Junie B., May —dijo—. En la isla en la que ella va a estar no hay ningún volcán activo.

May pensó un minuto.

—Bueno, está bien. Pero digamos que si un volcán erupcionara encima de Junie Jones, eso le arruinaría las vacaciones. ¿Sí o no?

El Sr. Susto volvió al lavabo.

Esta vez, se echó agua en la cara.

Después de secarse, llevó a May hasta su asiento.

Yo alcé la mano para decir algo más.

—Sí, pero ni siquiera les he contado lo mejor —dije—. Adivinen cómo voy a llegar a Hawái, gente. ¡Adivinen, adivinen, adivinen! ¡No, esperen! ¡Les voy a dar una pista!

Después de eso, estiré los brazos como alas y corrí por todo el Salón Uno.

—¿Me ven, gente? ¿Me ven? ¡Estoy volando! ¡Volando! ¡Así es como voy a llegar a Hawái! ¡Voy a volar en un avión de verdad verdadero!

Lucille se paró *y hizo* otro bostezo.

—Avión, avioncito —dijo—. Dinos algo que no haya hecho.

El Sr. Susto la sentó.

—Vas a tener una aventura increíble, Junie B. —dijo, y sonrió—. Y como quiero que nos traigas de vuelta muchas fotos, te tengo un regalo para el viaje.

Fue al armario y sacó una bolsa de papel.

Yo corrí hacia él y miré adentro de la bolsa.

¡Yupi, yupi!

¡Adentro de esa cosa había una cámara!

La saqué veloz y se la mostré al salón.

—¡Miren, gente! ¡Miren! ¡Es la cámara que venden en las farmacias! —dije—. ¡Yo soy excelente con estos equipos! ¡Porque usé uno cuando hicimos la excursión en kindergarten!

Después de eso, el Sr. Susto metió la
mano en la bolsa y sacó otro regalo.

—Y mira esto, Junie B. Esto es un diario fotográfico —dijo—. Es parecido a
los diarios de primer grado que usamos

todos los días en clase. Solo que un diario fotográfico cuenta una historia con fotos en lugar de palabras.

Lo abrió para que yo lo viera.

—¿Ves adentro? En cada página hay lugar para una fotografía y una leyenda. *Leyenda* es otra manera de decirle al título de una fotografía.

Le mostró el álbum a la clase.

—Cada día, Junie B. tomará una fotografía de su viaje —dijo—. Luego organizará las fotos y les escribirá leyendas. ¡Y cuando vuelva a la escuela, su diario fotográfico nos contará la historia de su emocionante viaje al paraíso!

Me dio el álbum.

—¿No te parece una tarea divertida, Junie B.? —me preguntó.

Comencé a mover la cabeza.

Pero paré.

Porque algo de esa frase no sonaba bien.

Me toqué la barbilla muy *piensadora*.

Era la palabra *tarea*, creo.

Así que miré a mi maestro.

—Bueno, este es el problema —dije—. Las tareas son para la escuela y Hawái es para ir de vacaciones. Y a los niños no les gusta mezclar estas dos cosas.

—Ah, pero esta es una tarea divertida, Junie B. —dijo el Sr. Susto sonriendo—. Y es una tarea muy especial. Vas a ser la primera periodista gráfica *oficial* del Salón Uno.

Mis oídos pusieron atención.

—¿Oficial? —dije—. ¿Usted dijo la palabra *oficial*?

—Sí —dijo el Sr. Susto, y volvió a sonreír—. Eso fue exactamente lo que dije... oficial.

—Oficial quiere decir importante, ¿no es cierto? —dije parándome derecha.

Ser oficial te hace inmediatamente más alta, creo.

Después de eso, el Sr. Susto me dio la mano y me llevó de vuelta a mi puesto.

—Ah —dijo—, y no olvides llevar también a Hawái tu diario de primer grado, Junie B. Sería una lástima que no escribieras en él durante toda una semana, ¿no te parece?

Miré a ese señor por un rato.

Los niños y los maestros no tienen el mismo tipo de cerebro.

Por fin, hice un suspiro. Y saqué mi diario. Y lo metí en la bolsa de la cámara.

Mi amigo que se llama Herbert se volteó hacia mí muy emocionado.

—Tienes mucha suerte, Junie B. Jones —dijo—. ¡Me encantaría ir a Hawái la próxima semana!

—¡A mí también! —dijo Lennie.

—¡Y a mí! —dijo José.

Yo miré a May.

Ella no dijo nada, sino que siguió mirando hacia delante sin abrir la boca.

Yo me quedé callada.

Solo que de pronto, sin ningún aviso, May alzó los brazos en el aire y gritó la palabra "¡KABUUM!"

Me miró y sonrió.

—Ese fue el sonido de un volcán caliente haciendo erupción encima de ti —dijo.

Me quedé ahí sentada un segundo.

Y sentí un escalofrío.

May es insoportable.

3

Una nueva amiga

El día siguiente era sábado.

Me levanté con mariposas en el estómago.

Porque solo faltaba un día para que nos fuéramos a Hawái, ¡por eso!

Después de desayunar, yo y mi mamá empacamos mi maleta para el viaje. También metimos crayolas y juguetes en mi mochila para el avión.

—¡Este vuelo en avión va a ser divertido! ¿Cierto, mamá? ¿Cierto? —dije—. ¡Este vuelo en avión va a ser lo mejor de mi vida!

Mamá suspiró.

—Bueno, te puedo asegurar que va a ser largo. No lo dudes —dijo—. Y me temo que puede ser hasta aburrido.

Se quedó parada ahí un minuto. Luego me guiñó un ojo.

—Por eso te conseguí una nueva amiga para el viaje, Junie B. —dijo.

Mis ojos se pusieron grandes de la emoción.

—¿Una nueva amiga? —dije—. ¿Me conseguiste una nueva amiga?

—Así es —dijo pasándome la mano por el pelo—. Espera aquí y te la traigo.

Apenas se fue, agarré a mi elefante de peluche favorito que se llama Felipe Juan Bob. Y bailé con él por todo el cuarto.

—¡Una nueva amiga, Felipe! ¡Voy a tener una nueva amiga! —canté muy contenta.

Felipe se chupó los cachetes.

Tú no necesitas una nueva amiga, Junie B. Me tienes a mí, ¿no? Yo soy tu amigo.

Lo abracé muy fuerte.

—Sí, yo sé que tú eres mi amigo, Felipe —dije—, pero siempre es lindo tener otros amigos, ¿no?

No, dijo Felipe, tú solo me necesitas a mí. Y punto final.

En ese momento, mamá volvió con mi nueva amiga.

Y abrí la boca de la emoción, ¡te lo digo!

—¡UNA CHICA HULA BARBIE! ¡ES UNA CHICA HULA BARBIE! ¡YO SIEMPRE, SIEMPRE HE QUERIDO TENER UNA DE ESTAS COSAS! —dije—. ¡GRACIAS, MAMÁ! ¡GRACIAS! ¡GRACIAS!

Miré a la Barbie dentro de su caja.

—¡Huy! ¡Mira! ¡Tiene una falda hula! ¡Y sandalias hula! ¡Y también tiene un collar hula!

—Eso no es un collar hula, Junie B. —dijo mamá sonriendo—. Se llama *lei*, y es un collar hecho de flores. En Hawái vamos a ver muchos como ese.

Yo saqué a la Chica Hula Barbie de la caja. Y bailé otro rato más.

—Creo que la voy a llamar Dolores —dije—. Dolores me suena bien.

Por fin, dejé de bailar y le presenté a Felipe.

—Felipe Juan Bob, te presento a la Chica Hula Dolores —dije.

Hola, dijo Dolores.

Ya, dijo Felipe.

Después de eso, los puse a los dos en mi mochila y cerré el zíper muy bien cerrado.

—Ahora ni siquiera voy a estar aburrida en el avión, ¿cierto, mamá? Porque primero voy a colorear. Y después voy a jugar con la Chica Hula Dolores. ¡Además, también puedo sacar fotos del avión con la cámara que me dio mi maestro para el diario fotográfico!

Mamá me dio un abrazo. Y fue a su cuarto a empacar su maleta.

Pero apenas se fue, comenzó una pelea dentro de mi mochila.

Abrí para ver qué pasaba.

Felipe dijo que por favor lo sacara de ahí *sactamente ya*. Por cuenta de que la Chica Hula Dolores lo estaba pinchando con sus manos duras.

Lo saqué y lo puse en mi cama.

—Bueno, puedes quedarte aquí un día más, Felipe —dije—. Pero mañana vas a tener que *montar* en la mochila con Dolores. O si no, no podrás volar con nosotros a Hawái.

Entonces, sentí un escalofrío en los brazos.

—Hawái, Felipe —le susurré—. Nos vamos de verdad a Hawái.

Después de eso, me bajé de la cama.

Y estiré los brazos.

Y corrí por mi cuarto como si estuviera volando de nuevo.

A la mañana siguiente, llevamos al bebé Ollie a la casa de mi abuela y mi abuelo Miller. Porque allá iban a ser sus vacaciones.

Yo le di un beso de adiós. Y *hice* como que lo iba a extrañar.

—Adiós, pequeño Ollie —dije medio tristona—. Lástima que no nos puedas acompañar.

Todos me sonrieron.

No siempre es malo decir mentiras, creo. Solo que nunca sé cuándo se pueden decir y cuándo no, y casi siempre meto la pata.

Luego de que todos dijimos adiós, yo y mamá y papá fuimos al aeropuerto.

¿Y a que no adivinas qué?

Pues que tuvimos que hacer *tropecientas* mil colas.

Primero, hicimos la cola de "meter el auto en el estacionamiento". Luego la del autobús que va a la terminal, la de "darle las maletas al señor" y la de "recoja sus papeles aquí".

Después de eso, solo faltaba una cola más. Se llamaba la cola de "ahora vamos a mirar dentro de todas tus cosas con nuestra visión de rayos X".

Esa cola es *sactamente* como las colas de Disneylandia, excepto que es más larga. Y al final no hay ninguna diversión.

Mientras esperaba, abrí el zíper de mi mochila y revisé mis juguetes.

Felipe Juan Bob me puso cara de elefante enojado.

Dolores me sigue pinchando. Dile que deje de pincharme, protestó.

Se volteó hacia Dolores y le gruñó.

—Quédate en tu lado de la mochila y ya —le dije, pero entonces papá agarró mi mochila.

Cerró el zíper muy veloz y la metió en la máquina de visión de rayos X.

Solo que peor para Felipe Juan Bob. Porque no contaba con eso. Y la máquina es muy oscura adentro.

¡OYE! ¿QUIÉN APAGÓ LA LUZ?, gritó. ¡SÁQUENME YA DE AQUÍ! ¡SÁQUENME DE AQUÍ!

De pronto, el señor de la visión de rayos X paró la máquina.

—¿Quién dijo eso? —dijo muy serio—. ¿Alguien quiere meterse en un lío?

Papá hizo una sonrisita.

—Eh, pues... fue mi hija que está aquí la que... —dijo—. A veces hace como si fuera, pues... esto... un elefante de peluche.

El señor de la visión de rayos X miró a papá muy sospechoso.

Luego, una señora nos sacó de la cola.

Y nos hizo alzar los brazos.

Y movió una vara gigante alrededor de nosotros.

Yo aplaudí muy emocionada.

—¡Oye! Esto es como en un programa
de detectives! —dije.

La señora dijo que no era un chiste,
señorita.

Yo paré de aplaudir.

El aeropuerto no tiene sentido del humor.

4

Ser un sándwich

Después llegamos a una puerta y esperamos y esperamos.

Y entonces, ¡por fin! ¡Un señor dijo que era hora de abordar el avión!

Abordar el avión es la palabra del aeropuerto para... ¿Adivina qué? ¡Otra cola!

¡Solo que buenas noticias!

Esta vez, ¡estábamos casi al frente! Y entonces por fin, por fin, por fin... ¡llegamos a nuestros puestos!

—¡LA VENTANA ES MÍA! ¡LA VENTANA ES MÍA! —dije muy gritona.

Y corrí *escopeteada* y me senté justo ahí.

¡La ventana tenía una cortina pequeñita!

La halé para arriba y para abajo.

Estaba un poco atascadita.

Y seguí halando y halando hasta que la aflojé.

Al poco rato, les avisé a papá y mamá.

—Miren aquí. ¡Miren cómo le hago a la cortina! —dije.

Suspiré muy profundo y comencé a hacerlo de nuevo.

—¡Para arriba y para abajo! —dije—. ¡Para arriba y para abajo! ¡Para arriba y para abajo!

Paré y volví a respirar.

Entonces, aceleré.

—Arribaabajo, arribaabajo, arribaabajo, arribaabajo, arriba...

Mamá estiró la mano y me paró.

—Ya, está bien... muy bien —dijo—.
Sabes cómo bajar la cortina, muchas gracias.

Entonces me puso el cinturón de
seguridad.

Estiré las piernas lo más que pude.

¿Y adivina qué?

¡Llegaron hasta el asiento que estaba en
frente!

—¡Increíble! —dije—. ¡Mis piernas son
tan largas como las de un gigante!

Apoyé los pies contra el asiento y empujé
y me estiré un poco más.

De pronto, ¡la señora de enfrente saltó
como en un trampolín! Y se volteó muy
enojada.

—Por favor, ¿podrías dejar de patear mi
asiento? —protestó—. No me gusta que me
pateen la espalda.

Mamá me bajó las piernas *escopeteada*.

—¡Ay, lo siento! —dijo—. Es su primer viaje en avión.

Yo miré a mamá muy curiosa.

—Pero si ni siquiera estaba pateando su asiento —dije—. Mis piernas estaban largas, nada más.

La señora hizo un ruido de *pssss* y se volteó.

Después de eso, me quedé muy quieta. Y no moví ni un músculo.

¡Solo que espera un segundo! ¡No te vayas!

En ese momento, ¡vi la cosa más linda del mundo!

Y se llama ¡Oye! ¡En la espalda del asiento de la señora hay una bandejita! ¡Y se puede abrir!

Me incliné y la abrí.

—¡Ja! —dije—. ¡Ya no saben qué inventar!

Practiqué a cerrarla y abrirla.

—¡Mírame, mamá! —dije—. ¡Mírame, papá!

Me enderecé para mostrarles.

—Cerrada, abierta... cerrada, abierta... cerrada, abierta... cerra...

¡BAM!

La señora gruñona apareció otra vez.

—¿Qué estás haciendo ahora? —gruñó.

Yo hice un resoplido.

—Estoy mostrándoles mi bandeja —dije.

Mamá puso cara avergonzada.

Y pidió disculpas otra vez.

La señora hizo una tos y se volteó.

—Por favor, Junie B. —dijo mamá—. Compórtate. No vuelvas a molestar a la señora.

Yo me encogí en el asiento.

Tomé mi mochila y saqué a Felipe Juan Bob. Y le susurré en su oído peludito.

—No toques el asiento que está ahí —dije—. O si no, una señora gruñona te quitará los calzones.

Las cejas de Felipe se alzaron.

¿No puedo tocarlo?, preguntó. *¿Ni siquiera con el dedo chiquito de mi pata?*

—Bueno, está bien —dije después de

pensarlo—. Creo que puedes tocarlo con el dedo chiquito de tu pata. Pero no más.

Con mucho cuidado, Felipe estiró la pata.

Y tocó el asiento de la señora con su dedo chiquito.

¡Y adivina qué!

¡Ella no sintió nada!

Yo y Felipe nos reímos y nos reímos con ese chiste chistoso.

Luego, él se tocó la barbilla. Y me miró curioso.

Humm. Me pregunto si en el puesto de atrás habrá otra señora gruñona, dijo.

—No sé, Felipe —dije—. ¿Por qué no te asomas?

Así que Felipe Juan Bob se volteó. Y trató de asomarse por el hueco que hay entre los asientos. Pero no podía ver bien.

Entonces, tuve que alzarlo por arriba de mi asiento para que pudiera mirar.

Solo que malas noticias. No funcionó. Porque se nos olvidó que los ojos de Felipe son botones. Y los botones no tienen buena visión de larga distancia.

Bajó muy tristón.

Naaa, dijo. *No pude ver nada. ¿Qué hacemos?*

Me puse a pensar.

Y entonces, ¡yupi! ¡Se me encendió un bombillo en la cabeza! ¡Y volví a meter la mano en mi mochila y saqué a la Chica Hula Dolores!

—¡Felipe! ¡Felipe! —dije—. ¡Aquí está Dolores! ¡Dolores! ¡Ella sí cabe entre los asientos! ¿Ves? ¡Y sus ojos ni siquiera son botones!

Eres astuta como un zorro, Junie B., dijo él.

—¡Lo sé, Felipe! Sé que soy astuta como un zorro. Y por eso voy a enviar a Dolores en una misión de espionaje al asiento de atrás —dije—. No te muevas.

Después de eso, alcé a Dolores. Y la empujé por el hueco entre los asientos. Y dejé que mirara un rato.

Solo que entonces, tuvimos un problemita.

Y se llama que sentí que alguien halaba a Dolores.

Y luego, ¡zas!

Alguien me la arrancó de las manos, ¡y Dolores se perdió al otro lado del asiento!

¡No podía creer lo que ocurría!

Me arrodillé *escopeteada*. Y yo y Felipe miramos por encima del asiento.

¡Ay, ay, ay!

¡Había otra señora gruñona mirándonos!

Tenía a Dolores en la mano. Tenía cara
de mala.

Me hizo un *fruncido*.

—Ya estás grandecita para ese juego, ¿no te parece? —gruñó.

—Sí —dije nerviosa—, solo que ni siquiera estábamos jugando.

Era una misión de espionaje, dijo Felipe Juan Bob.

En ese momento, papá se paró y le pidió perdón a la señora. Y cogió a Dolores y me la devolvió.

Me senté en mi asiento. Papá dijo que si no me comportaba, íbamos a hacer que el avión nos dejara. ¡Y ni siquiera iríamos a Hawái!

Yo miré y miré al hombre ese.

Eso era una *mentirota*, creo.

Después de eso, guardé a Dolores en la mochila. Y yo y Felipe nos susurramos un secreto de verdad.

—No lo puedo creer, Felipe —dije—.
En el puesto de adelante hay una gruñona y
en el de atrás hay otra gruñona.

*Estamos en medio de un sándwich de
gruñonas*, dijo él con un suspiro.

Nos encogimos en nuestro asiento. Y
miramos por la ventana.

Entonces, ¡menos mal! ¡Por fin! El piloto
habló por los altoparlantes. ¡Y dijo que
seríamos los siguientes en despegar!

Yo y Felipe Juan Bob nos abrazamos
muy contentos.

Y entonces, ¡bravo! Los motores se
pusieron ruidosos.

Y el avión comenzó a moverse.

¡Y fuimos más rápido y más rápido y
más rápido!

Y... ¡ja!

¡SUBIMOS ARRIBA EN EL CIELO!

Era como una alfombra mágica, ¡te lo digo! ¡Había nubes esponjosas por todas partes!

—¡ESTA VISTA ME DEJA SIN HABLA! —les grité a mamá y papá.

—Así es —dijo mamá sonriendo—. Pero no tienes que gritar.

—¡SÍ, SOLO QUE HAY RUIDOS DE AVIÓN EN MI CABEZA! —dije—. ¡Y POR ESO NO PUEDO NI OÍR MI VOZ!

Mamá alzó mi mochila.

—Bueno, busquemos algo que podamos hacer calladitas, ¿quieres? —dijo.

—¡CLARO QUE QUIERO! —dije.

Miramos todas las cosas que habíamos llevado.

Y entonces, ¡yupi, yupi!

¡Vi mi nueva cámara!

—¡HUY! ¡CASI SE ME OLVIDA LA TAREA! —dije—. ¡HOY TOMARÉ LA PRIMERA FOTO OFICIAL PARA MI DIARIO FOTOGRÁFICO!

De pronto, mis ojos se pusieron grandísimos.

—¡OYE! ¡YA SÉ! ¡PUEDES SACARME UNA FOTO JUNTO A LA VENTANA! ¿SÍ, MAMÁ? ¿SÍ? ¡UNA FOTO MÍA JUNTO A LA VENTANA ES EL COMIENZO PERFECTO!

Mamá se llevó un dedo a los labios.

—¡Shh! —dijo—. Estás hablando muy alto, Junie B. Todos te pueden oír.

Después de eso, tomó la cámara para tomarme la foto.

—¡NO! ¡NO! ¡ESPERA! ¡ESPERA! —dije—. ¡NI SIQUIERA *ME POSÉ* TODAVÍA!

Me zafé el cinturón de seguridad y me recosté contra la ventana.

—QUE SALGAN LAS NUBES ATRÁS, ¿SÍ, MAMÁ? ¡A LOS CHICOS DEL SALÓN UNO LES ENCANTARÁ VERME EN LAS NUBES!

Felipe Juan Bob estaba sentado en el asiento.

Me estiré y lo alcé.

—¡Y QUE FELIPE SALGA TAMBIÉN! —dije—. ¿ESTÁ BIEN? SOLO YO... Y FELIPE... Y LAS NUBES... Y YA.

En ese momento, Felipe me tocó el hombro y me susurró un secreto chistoso.

Comencé a reírme.

Después le conté el secreto chistoso a mamá.

—¡FELIPE DICE QUE NO SAQUES A LAS DOS GRUÑONAS! —dije—.

PORQUE ESAS DOS GRUÑONAS ARRUINARÍAN MI DIARIO FOTO-GRÁFICO.

Los ojos de mamá se abrieron grandísimos.

—¡SHH! —dijo—. ¡JUNIE B.! ¡POR FAVOR!

Luego trató de sacar la foto veloz.

Pero, ¡ay, no!

¡Las dos gruñonas saltaron como resortes!

¡Y SUS CABEZOTAS GRUÑONAS SE METIERON EN MI FOTO!

Me tapé la boca.

Mamá se tapó la boca también.

Y las dos bajamos la cabeza hasta que las gruñonas dejaron de mirarnos.

Cuando desaparecieron, miré a mamá.

—Yo y mi bocota —dije en un susurro.

Mamá siguió con la cabeza agachada y me habló muy bajito.

—No podrías haberlo dicho mejor —me dijo.

Después de eso, me devolvió la cámara. Y dijo que podríamos intentarlo más tarde... cuando los ánimos se hubieran calmado.

Yo hice un suspiro.

—Sí, solo que no puedo intentarlo más tarde —dije gimiendo—. Por cuenta de que necesito ahorrar las otras fotos para Hawái.

Me encogí muy tristona.

Luego cerré los ojos.

Y pensé en qué título ponerle a mi foto.

Entonces me quedé quietecita.

Mi diario fotográfico no había comenzado bien.

Día uno: GRUÑONAS.

5

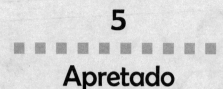

Apretado

El vuelo duró mucho tiempo.

A mí y a Felipe Juan Bob se nos acabaron los juegos.

Entonces, por fin, nos dormimos un *poquirritín*.

Y cuando nos despertamos...

¡Por fin!

¡Estábamos en Hawái!

¡Y oye esto!

Apenas nos bajamos del avión, ¡unas personas de Hawái nos dieron leis de flores! Y eso fue muy amable, ¡te lo digo!

Después, mamá y papá recogieron nuestras maletas y alquilaron un auto. Y fuimos hasta un hotel lindísimo.

Un señor en uniforme nos abrió la puerta.

—Aloha —dijo amablemente.

—¿Alo qué? —dije.

—Aloha —repitió el señor—. *Aloha* es la palabra hawaiana para decir hola y adiós.

—¡Oye! —dije sonriendo—. Me gusta la palabra esa de aloha, creo. Porque parece como si alguien se estuviera riendo. ¡Aloha, ja!

Después de eso, entré brincando al hotel. Y los ojos se me salieron de la cabeza.

Porque, ¡yupi, yupi! ¡Era el lugar más bello que había visto en mi vida!

¡Tenía muchas flores de colores! ¡Y palmeras altas y flacas! Además, ¡también había una piscina con un trampolín de verdad verdadero!

¡Y eso ni siquiera es el final de la belleza!

Por cuenta de que, cuando fuimos a nuestra habitación, ¡había dos camas gigantes del tamaño de la de mis papás!

Yo estiré mis brazos muy contenta.

—¡Hawái! —dije—. ¡Qué lugar tan maravilloso!

Di vueltas y vueltas y me estrellé contra una de las camas. Y caí en la alfombra.

Era gruesa y acolchonadita.

Hice un bostezo.

Luego me hice un ovillo.

Papá me alzó y mamá me acomodó en la cama.

Y dormí hasta la mañana.

El sol *me brilló* en los ojos.

Me estiré muy *sueñolienta*. Y miré la linda habitación.

¡Bingo!

¡Me acordé!

—¡ESTOY EN HAWÁI! —dije.

Salté de la cama. Y meneé a mamá y papá para despertarlos.

—¡ALOHA, JA, GENTE! ¡ALOHA,

JA! —grité—. ¡ESTAMOS EN HAWÁI! ¡ESTAMOS EN HAWÁI!

Después de eso, corrí hasta la ventana y miré el agua.

—¡Vamos a la piscina! —grité—. ¡Vamos a la piscina!

Mamá y papá se sentaron y bostezaron. Luego se miraron y se volvieron a acostar.

La gente grande no es divertida en vacaciones.

Yo les resoplé muy fuerte a esos dos.

Y fui a su cama. Y los meneé más hasta que se pararon. Después, por fin, se vistieron. Y fuimos al restaurante a desayunar.

¡Y YUPI, YUPI! ¡CUANDO TERMINAMOS DE COMER, ERA HORA DE IR A LA PISCINA!

¡Solo que aquí viene la mejor parte!

Cuando íbamos para la piscina, pasamos frente a una tienda de regalos. ¡Y vi el flotador más lindo del mundo mundial!

—¡Mamá! ¡Papá! ¡Miren ese flotador! ¡Parece un loro! ¿Lo ven? ¿Lo ven? ¿No es lindo? ¿Eh? ¿No es lindo?

La señora de la tienda me oyó que estaba emocionada.

Sacó el flotador del estante y me lo dio.

—Es el último que tenemos —dijo.

Yo brinqué arriba y abajo de alegría.

—¡Es el último! ¡El último! —dije—. ¿Me lo compras, mamá? ¿Puedo llevármelo, papá? ¿Por favor? ¿Por favor? ¿Por favor? Si me compran este flotador, ¡no voy a pedir nada más en todo este viaje!

Mamá y papá me miraron sospechosos.

Porque era una *mentirilla*, por eso.

—Pero tú ni siquiera necesitas flotador, Junie B. —dijo papá—. Aprendiste a nadar hace dos años.

—Exactamente —dijo mamá—. Además, este flotador es muy pequeño para ti, amor. Es para niñas menores que tú.

Yo seguí brincando arriba y abajo.

—Yo sé que quepo en este flotador, mamá. ¡Yo quepo! ¡Soy flaca como un fideo!

Junté mis manos para suplicar de verdad.

—Por favor, ¿me lo regalan? Por favor, por favor, ¿por favor?

Papá se pasó la mano por el pelo.

Esa es una buena señal, casi siempre.

Y por fin, cogió el flotador de loro. Y le dio dinero a la señora de la tienda.

Yo lo abracé y lo abracé muy contenta.

—¡Gracias, papá! ¡Gracias! ¡Gracias! ¡Eres el papá más lindo de todo el mundo mundial!

Después de eso, fui hasta la piscina con mi flotador de loro. Y *intenté* ponérmelo. Pero estaba muy apretado y no me cabía.

Papá me miraba.

—Parece que tu mamá tenía razón, Junie B. —dijo—. Ese flotador es muy pequeño.

—No, papá. Yo sé que quepo en este loro —dije—. Estoy segurísima de eso.

Pensé por un segundo.

Entonces caminé hasta el borde de la piscina.

Tiré el flotador en el agua.

Y ¡SUUASSHHH!

¡Salté justo en el hueco del flotador!

¡Y adivina qué!

Me sirvió perfectamente.

Aplaudí y aplaudí emocionada.

—¿VES, MAMÁ? ¿VES, PAPÁ? —dije—. ¡LES DIJE QUE CABÍA EN ESTA COSA! ¡SE LO DIJE!

Respiré.

—ME APRIETA UN *POQUIRRITÍN* EN LA PANZA. PERO CREO QUE PUEDO RESPIRAR... PROBABLEMENTE.

Me alejé del borde y chapoteé hasta el otro lado de la piscina.

—¿ME VISTE NADAR HASTA AQUÍ, MAMÁ? ¿ME ESTÁS VIENDO, PAPÁ? ¡ESTE LORO VA VOLANDO!

Entonces sentí un pellizco en la panza.

—¡TAMBIÉN TENGO UN DOLOR HORRIBLE! —grité.

Después de eso, me salí de la piscina. Y corrí veloz hasta donde estaba mi mamá.

—Por favor quítame esto, ¡pero ya! —dije—. ¡Porque esta cosa me está *espichando*!

Entonces, mamá y papá trataron de quitarme el flotador. Pero el loro no se movía.

Yo encogí la panza lo más que pude.

Y luego todos empujamos y jalamos. Y estiramos y doblamos. Y presionamos y pellizcamos. Además, yo brinqué arriba y abajo.

Después de eso, me dio pánico y grité:

—¡ESTOY ATASCADA EN MI LORO! ¡ESTOY ATASCADA EN MI LORO! ¡AUXILIO! ¡ESTOY ATASCADA EN MI LORO!

Todos voltearon a vernos.

—¡Shh! —dijo papá—. ¡Deja de gritar!

Y en ese momento encontró el tapón del aire.

Y lo abrió.

Y ¡SUISSSS!

¡Se le empezó a salir el aire a mi loro!

Y mi panza volvió a respirar.

—¡Ahhhh! Mucho mejor —dije—. Gracias, papá. Gracias.

Esperé hasta que salió todo el aire. Después, volví a la piscina.

Mamá chasqueó los dedos.

—Oye, espera un segundo. No puedes meterte así en la piscina, Junie B. Tenemos que quitarte el flotador —dijo—. Espera, voy a traer mis tijeras.

Yo alcé las cejas ante esa palabra.

—¿Tijeras? —dije.

—Sí —dijo mamá—. Así corto ese flotador en un instante.

Dejé que esa noticia se *sentara* en mi cabeza.

De pronto, mis ojos se pusieron grandísimos.

—¡NO, MAMÁ! ¡NO! —grité—. ¡NO CORTES MI LORO! ¡POR FAVOR, POR FAVOR, POR FAVOR! ¡NI SIQUIERA ME DUELE MÁS! ¡TE PROMETO! ¡TE PROMETO!

Al lado mío, un señor hizo un *fruncido*. Y una señora que estaba ahí también hizo un *fruncido*.

—Caray, ¿qué clase de mamá le cortaría el flotador a su hijita? —dijo el señor.

—No sé, Ed —dijo la señora—. Pero es algo terrible.

Mamá se quedó ahí como congelada.

Entonces, ella y papá recogieron nuestras toallas y se pasaron a unos asientos lejos de esa gente.

Mamá se volvió a sentar y dijo que no buscaría las tijeras.

—¡Bravo! —dije—. ¡Bravo! ¡Bravo!

Y me lancé al agua. Y comencé a chapotear.

—¡Mira, mamá! ¡Mira! ¡Sigo con mi flotador! ¡Y ni siquiera me aprieta la panza!

—grité—. Los loros aplastados son más cómodos.

Nadé por debajo del agua hasta el final de la piscina.

—¡ESTE LORO ESTÁ FUNCIONANDO DE MARAVILLA! —grité.

La señora comenzó a aplaudir.

—¡Te felicito! —gritó—. Así se hace, ¡muéstrale a tu mamá!

Mamá se quedó quieta un rato. Luego se paró y se volvió a mover de sitio.

Yo le puse nombre a mi loro: Espichador.

Espichador estaba aplastado. Pero seguía siendo divertido.

Nadamos y nadamos todo el día.

Cuando llegó la hora de irnos, le di mi cámara a mamá. Y le pedí que nos sacara una foto para mi diario.

—Esta será la foto de mi primer amigo en Hawái —dije.

Levanté la cabeza de Espichador. Y los dos dijimos ¡*Síííí!*

Solo que peor para mí. Porque en ese momento, dos niños pasaban por ahí. Y se burlaron de Espichador el aplastado.

—Oye, se supone que lo debes inflar, niña tonta —dijo uno de ellos.

La sonrisa se me borró de la cara.

Y mamá sacó la fotografía.

Clic.

Día dos: NIÑA TONTA Y ESPICHADOR.

6

Gallina del mar

Día tres

Querido diario de primer grado:

Las fotos de mi cámara no están saliendo muy bien.

Por cuenta de que primero mi mamá sacó a las gruñonas. Y después salí como una tonta.

Hasta ahora, mi diario fotográfico está contando la historia más boba que he oído.

Hoy va a ser mejor. Espero.
Porque yo y mamá y papá vamos
a hacer esnórquel. Esnórquel es
una palabra de grandes para ir a
nadar con una manguera gigante
en la boca.

Me gusta la palabra esnórquel.
También me gustan estanque y
estoque y ~~esmokine~~ esmoquin.

Tu amiga,
Junie B. Esnórquel

Solté el lápiz. Y esperé a que mamá y papá
se despertaran.

Esos dos son unos perezosos. Solo que
ya no puedo moverlos para despertarlos. O
si no mamá se pone de mal genio.

70

Seguí esperando muy paciente a que sus ojos se abrieran.

Hasta que por fin me acerqué a papá. Y le soplé en la cara.

Abrió un ojo.

Lo saludé muy amable.

—Hola, ¿cómo estás hoy? —dije—. Mira, ya me vestí para el desayuno.

Papá cerró el ojo.

Yo se lo abrí de nuevo.

—Ay, te fuiste por un segundo —dije—. ¿No quieres ver lo que me puse para hoy?

Di un paso atrás para que pudiera ver mi ropa. Y di vueltas y vueltas como una modelo.

—¿Me ves, papá? ¿Ves lo linda que estoy? Escogí una ropa que hace juego con la cabeza de Espichador. Se ve muy lindo con estas bermudas, ¿no crees? Parece un loro cinturón... más o menos.

Brinqué alrededor en círculos.

—Me alegra que mamá no lo haya cortado —dije—. Ni siquiera fue tan incómodo dormir con él puesto.

Después de eso, yo y Espichador nos subimos a la cama. Y nos sentamos en las piernas de mamá hasta que se despertó.

No tomó mucho tiempo.

Y luego, ¡yupi, yupi! Todos bajamos a desayunar. ¡Y mamá dijo que yo podía pedir panqueques de piña y coco! Y eso es lo mismo que comer un postre, ¡te lo digo!

La camarera nos miró a mí y a Espichador y se rió un *poquirritín*.

—Vaya, ¿ya tienes puesto tu flotador? —dijo—. Lo único que te falta es inflarlo y quedas lista.

Hice un *fruncido* ante ese comentario.

—Sí, solo que no puedo inflarlo porque me *espicha* tanto que me saca el alma —dije.

La camarera dejó de sonreír.

—Ay —dijo—. Qué pena.

Entonces nos tomó la orden. Y se alejó de la mesa lentamente.

Después del desayuno, papá tuvo que ir a su entrevista de trabajo. Así que yo y mamá fuimos a la piscina mientras esperábamos a que él volviera.

Y tan pronto regresó... ¡Hurra! ¡Era hora de ir a hacer esnórquel!

Nos alistamos y subimos al auto. Y fuimos hasta una playa especial para hacer esnórquel.

Esa palabra me hizo reír todo el viaje. La dije un millón de veces, creo.

—Esnórquel —dije—. Esnórquel, esnórquel, esnórquel. ¡Voy a hacer esnórquel! Oigan este poema de esnórquel.

Respiré.

—Esnórquel, estoque, estanque, eschoque, esnórquel, destaque, escuincle.

Mamá se volteó.

—Para, por favor —dijo, y se tomó una aspirina.

A las mamás no les gusta la poesía, creo.

Al rato, papá detuvo el auto en el estacionamiento de la playa. Y llevó nuestras cosas de esnórquel hasta el mar.

Mamá me ayudó a ponerme mis patas de rana, que son zapatos para nadar y no están en una rana de verdad.

Es difícil caminar con patas de rana. Hay que alzar los pies en el aire, como cuando marchas en una banda. Solo que las ranas no marchan en bandas, casi nunca. Por cuenta de que la mayoría no toca ningún instrumento.

Después de ponerme las patas de rana, me puse la máscara y el tubo del esnórquel.

El tubo del esnórquel es una manguera gigante que sirve para respirar.

Papá me llevó al mar y me ajustó la máscara.

¡Y tachán!

¡Estaba lista para meterme!

Floté bocabajo en el agua y respiré por el tubo del esnórquel.

Me fue muy bien respirando. Porque ya había practicado en la piscina, ¡por eso!

Solo que, ¡ay, ay, ay!

¡No podía creer la vista!

Alcé la cabeza muy emocionada.

—¡EL FONDO DEL MAR ES MUCHO

MÁS LINDO QUE EL FONDO DE LA PISCINA! —dije—. ¡SE VE CLARO COMO UN VASO DE AGUA!

Mamá y papá sonrieron. Luego papá dijo que por favor hablara bajito.

—El esnórquel es un deporte silencioso, Junie B. —dijo—. No queremos molestar a las otras personas. Así que la clave es hacer silencio, ¿está bien?

—¡ESTÁ BIEN! —dije—. ¡LA CLAVE ES HACER SILENCIO!

Después de eso, me puse un chaleco para flotar mejor. Y agarré una tabla para nadar y pataleé junto a papá y mamá hasta un lugar especial para hacer esnórquel.

Las patas de rana ayudan a nadar superveloz.

Cuando llegamos, metí la cabeza en el

agua otra vez. ¡Y los ojos se me salieron de la cabeza!

Los peces eran lindísimos, ¡te lo digo!

¡Había amarillos! ¡Y azules! ¡Y anaranjados! ¡Y plateados! ¡Y negros! ¡Y blancos! ¡Y con lunares! ¡Y con rayas!

El corazón se me quería salir de la emoción.

Alcé la cabeza y me quité el tubo de esnórquel.

—¡OIGAN! —dije—. ¡ESTO ES COMO NADAR EN LA PECERA DE MI ESCUELA!

Papá se puso un dedo en los labios. Y señaló a las otras personas que hacían esnórquel.

—¡Shh! —dijo—. La palabra del día es silencio, ¿recuerdas?

Intenté bajar la voz. Solo que se alzaba sola.

—SÍ, SOLO QUE NO SABÍA QUE ME IBA A GUSTAR TANTO —dije—. ¡ES DIFÍCIL CONTROLAR LA EMOCIÓN!

Después de eso, miré los lindos peces un poco más.

Y sonreí y sonreí dentro de mi cabeza.

¡Era como estar en un zoológico de peces!

Solo que en ese momento, apareció un problemita.

Y se llama que vi un palo detrás de una piedra.

Y luego, ¡AY!

¡El palo comenzó a moverse!

Y entonces, ¡HUY!

¡AY, NO! ¡AY, NO!

¡EL PALO SE FUE NADANDO!

Porque ni siquiera era un PALO, ¡por eso!

Era una...

—¡UNA ANGUILA! ¡UNA ANGUILA!
—grité—. ¡AUXILIO! ¡ANGUILA A LA
VISTA! ¡ANGUILA A LA VISTA!
¡SOCORRO!

Las cabezas de otras personas salieron
del agua.

Y también salió la cabeza de papá.

—¡Shh, Junie B.! ¡Shh! No pasa nada.
Te lo aseguro —dijo—. Esa anguila no
hace daño.

Yo metí la cabeza de nuevo.

Porque tenía que ver dónde andaba la
anguila esa, ¡por eso!

Y entonces, ¡HUY! ¡NO! ¡QUIETOS
TODOS!

¡Algo peor se me estaba acercando!

Y se llama...

—¡UNA MEDUSA! ¡VIENE UNA

MEDUSA! ¡Y ESA COSA ES TAN GRANDE COMO UN ELEFANTE, TE LO DIGO!

Después de eso, ¡me volteé *escopeteada*!

Y pataleé hacia la orilla tan fuerte como pude. Y no paré hasta que llegué.

Luego corrí y me salí del mar.

Y me tropecé con mis propias patas de rana.

Y me caí en la arena.

Descansé ahí para recuperarme del susto.

—Respira —le dije a mi corazón—. Respira, respira, respira.

En ese momento, oí unos pies.

Abrí un ojo.

Era papá.

Tenía mala cara.

Moví los dedos muy nerviosa.

—Hola —dije—. ¿Cómo estás hoy? Yo estoy bien. Solo que me dan miedo las medusas, creo. Por eso nadé hasta la orilla. Y me tropecé con las patas de rana. Y ahora estoy descansando en la arena.

Pensé por un segundo.

—Y las anguilas tampoco me gustan.

Entonces, mamá salió apurada del mar.

Se veía tan molesta como papá.

Saludé otra vez.

—Qué bueno verlos a los dos —dije.

Papá hizo un *fruncido* enojado.

—Esto no es para risas, señorita.

Deberías haberte quedado con tu mamá y conmigo —dijo—. Nunca más vuelvas a montar una escenita de estas, ¿me entiendes?

De pronto, mis ojos tenían lágrimas.

—Pero... pero ni siquiera quería montar una escenita. Es que me asusté. Y comencé a patalear. Sin saber que iba a hacer eso.

Mi nariz también estaba llorando.

—Perdón, papá. Perdón, mamá. Perdón que me dio susto.

Mamá y papá se miraron.

Ya no parecían enojados.

Mamá se sentó junto a mí.

—No, cariño, no estamos enojados porque te hayas asustado —dijo—. Estamos molestos porque te alejaste de nosotros. Nunca debes nadar sola en el mar.

Yo hice un suspiro con mucho sentimiento.

—Resulté ser una gallina —dije—. Soy una gallina del mar.

Mamá sonrió y me tocó el pelo.

—Nada de eso —dijo—. Solo debes aprender a cuáles cosas hay que tenerles miedo y a cuáles no.

Dije que sí con la cabeza, pero la verdad es que no entendía nada.

Después de eso, caminamos hasta el auto.

Mi cámara estaba en el asiento trasero.

—Pfff. Tengo que sacar una foto del esnórquel para mi tarea —dije—. Pensaba que hoy iba a tener una linda foto, pero estas fotos son cada vez más horribles.

Le di la cámara a mamá.

Luego, las dos caminamos hasta la arena para sacar otra foto.

Ella le sopló algo de aire a Espichador para que se viera más contento.

Yo posé lo mejor que pude.

Y *clic*.

Día tres: EN HAWÁI ME PORTO COMO UNA TONTA.

7

Cabeza de flores

Día cuatro

Querido diario de primer grado:

Estoy escribiendo en un autobús de turismo.

Autobús de turismo es como le dicen los grandes a un autobús lleno de viejos. Vamos a hacer una caminata en la naturaleza.

Una caminata en la naturaleza

es cuando miras las plantas y los
animales y el ~~paisage~~ paisaje.

No se me ocurre nada más
aburrido.

Pero mamá dice que hoy voy a
sacar buenas fotos.

¡Ojalá!

De,

Junie B. No Quiero

Estar Aquí

Cerré mi diario. Y *hice* un resoplido.

—Este tonto viaje en autobús está demo-
rando una eternidad —gruñí.

Mamá y papá pusieron mala cara.

Porque ni siquiera habíamos salido del
estacionamiento.

Pero yo seguí gruñendo.

Hasta que por fin, por fin, por fin... se cerró la puerta del autobús y comenzamos a andar.

El señor que estaba en el puesto de adelante alzó un micrófono.

—¡ALOOOOHAAAAA! —gritó.

Toda la gente del autobús se calló.

Luego, unos pocos respondieron aloha... solo que no tan fuerte.

—Ay, ¿qué pasa? —dijo el señor riéndose—. ¿Pueden hacerlo con más ánimo? A ver, ¡ALOOOOHAAAA!

Esta vez, más personas respondieron. Pero tampoco gritaron tan fuerte como él quería, creo. Porque tuvimos que repetir esa misma tontería cinco veces más.

—Este tipo me está sacando de quicio —le dije a mamá.

—Shh —respondió ella.

—Que me callen también me está sacando de quicio —le dije bajito a Espichador.

El señor siguió hablando.

Dijo que se llamaba Donald. Y que sería nuestro guía de la naturaleza.

Yo hice un suspiro.

—A los niños no nos gusta la naturaleza —dije.

Donald siguió hablando. Dijo que iríamos a un bosque tropical muy lindo y veríamos algunos de los paisajes más espectaculares del mundo.

Me tapé la cara.

—Los niños odiamos los paisajes espectaculares —dije.

Donald continuó. Dijo que veríamos flores preciosas y árboles gigantes y pájaros hermosos de todos los colores.

Yo hice un gruñido muy fuerte.

—¿Puede esta situación ser *más aburrí-disima*? —dije.

Un viejo que estaba enfrente me oyó.

Se volteó y me miró por encima del asiento.

Dijo que se llamaba Harold y que era "un joven de ochenta y ocho años".

—Lo más emocionante que nos pasa a las personas de mi edad es ver paisajes espectaculares —dijo.

—Eso suena un poco triste, Harold —dije.

Papá se inclinó veloz y me dijo que por favor me distrajera con algo.

Luego me dio mi cámara. Y me dijo que le sacara fotos a la gente del autobús.

Esperé hasta que llegamos a un semáforo. Entonces me paré en el pasillo y saqué una foto.

Clic.

Día cuatro: UN AUTOBÚS LLENO DE VIEJOS.

Me volví a sentar.

—Esa foto va a quedar bien con mis otras fotos horribles del diario fotográfico —dije—. Todos en el Salón Uno se van a morir de la risa.

Después de eso, mamá me quitó la cámara y dijo que quizás debía dormir una siesta.

Me tapé los oídos.

—Ya, pero, ¿cómo voy a dormirme si Donald no para de hablar? —dije.

Ese hombre hablaba más que un loro, te lo digo.

Nos dijo los nombres de *tropecientos* mil pájaros y *tropecientas* mil flores de Hawái. Además, también habló de piñas y cocos y bananas y papayas.

De pronto, Donald paró para respirar. ¡Y comenzó a hablar de atunes!

Yo alcé los dos brazos en el aire.

—¡POR TODOS LOS CIELOS! ¡QUE ALGUIEN LE QUITE ESE MICRÓFONO! —grité.

Mamá me pidió que me callara con los ojos.

Papá también me pidió que me callara.

Me tapé la boca veloz. Pero ya era tarde. Toda la gente del autobús se volteó a verme.

—¡Junie B.! —dijo mamá—. ¿Qué demonios te pasa?

Me encogí en el asiento.

—Perdón, mamá, perdón. Pero tengo estrés en la cabeza. Porque de verdad necesito una buena foto para el diario fotográfico. ¿Y qué clase de foto voy a sacar en una estúpida caminata en la naturaleza con gente vieja?

Me callé y miré por encima del asiento.

—No es por ofender, Harold —dije.

—No me siento ofendido —dijo él.

—Es solo que se me está acabando el tiempo —dije.

—Igual que a nosotros —dijo Harold.

Mamá me sentó de nuevo.

—Bien, te puedo prometer algo, Junie B.

—dijo—. Si vas a la caminata de mala gana, la pasarás mal. Pero si vas con ganas de pasarla bien, quizás encuentres algo que te sorprenda. La naturaleza puede ser muy emocionante.

Me encogí más esta vez.

—Sí, claro, emocionante —dije.

Me volteé y miré por la ventana.

No me importa lo que me diga.

La naturaleza no es emocionante.

Ni siquiera en el paraíso.

El viaje en el autobús se demoró una eternidad, creo.

¡Pero por fin! ¡Fiuu! ¡Por fin! El conductor dio vuelta en una esquina y paramos en un estacionamiento.

—¡Llegamos! —dijo Donald—. ¡Bienvenidos al hermoso bosque tropical hawaiano!

Me paré como un resorte.

Luego, salí corriendo y respiré muy hondo.

—¡Aire fresco! ¡Aire fresco! —dije—. ¡Pensé que nunca te volvería a respirar!

Al poco rato, Donald nos reunió a todos los del autobús.

Nos dio una guía y nos leyó las reglas de la caminata.

—Regla número uno —dijo—: Por favor, quédense en el sendero, no se vayan por otros caminos.

Y continuó.

—Regla número dos: Por favor, no estropeen la vegetación. Regla número tres: Por favor, respeten la naturaleza y hablen en voz baja.

Yo miré a Espichador y le hice una mueca.

—Fantástico —dije—. Otro día de hablar bajito.

Después de eso, toda la gente del autobús hizo cola detrás de Donald. Y empezamos a andar por el sendero.

Íbamos más lentos que una tortuga, te lo digo. Por cuenta de que la gente se paraba a mirar cosas cada dos segundos.

Cosas comunes y corrientes. ¡Como plantas y flores y árboles!

Por fin, no pude más.

—Bueno, amigos —dije—, moviéndose. Ya hemos visto esto antes.

Papá me alzó veloz. Y me sentó en una roca.

Luego, esperó a que pasaran las otras personas del autobús.

Y... ¡sorpresa!

Me regañó otra vez.

Dijo que si no podía comportarme, regresaríamos al autobús ya mismo. Y nos íbamos a sentar ahí hasta que toda la gente volviera.

—¿Es eso lo que quieres, señorita? —dijo—. ¿Ah? ¿Sí?

Puse cara de aburrida.

—No, papá —dije—. Lo que pasa es que no quiero hacer esto. Ojalá pudiéramos hacer algo divertido. Porque ya antes he visto flores y árboles.

En ese momento, mamá recogió una flor que estaba tirada en el sendero.

—Te apuesto a que nunca has visto una flor como esta, Junie B. —dijo—. Mira lo bella que es. ¡Parece una gran borla roja!

Me la puso en el pelo.

Luego, sacó un espejo para que me viera.

Yo me miré y me quedé congelada.

—Vaya —dije—. Me veo fabulosa.

—Así es —dijo mamá riéndose—. Esta puede ser una foto muy linda.

Mi cara se iluminó.

—¡Oye, sí! —dije—. Esta puede ser la primera foto linda del diario fotográfico.

Saqué la cámara veloz y estiré un brazo todo lo que pude.

Clic.

¡Me tomé una foto a mí misma!

—Esta sí que vale la pena —dije.

FABULOSA

Después de eso, todos volvimos a caminar.

Solo que esta vez yo era la *lentusca*. Porque me la pasé recogiendo más flores que parecían borlas y poniéndomelas en el pelo.

Al poco tiempo, toda mi cabeza estaba llena de esas bellas cosas.

También me las puse en los bolsillos, en los botones de mi blusa y en los huecos de los cordones de los zapatos.

Luego miré a Espichador y sonreí.

—La naturaleza está siendo un *poquirritín* divertida —dije.

Sonreí aun más.

¿Quién lo hubiera imaginado?

8

Haciendo *clic*

Caminamos y caminamos hasta el final del camino.

Entonces, Donald nos dio barras de cereal. Y también bebimos limonada.

A Donald le gustó mi cabeza llena de flores.

—Pareces un jardín de lehuas —dijo.

Yo hice un *fruncido*.

—¿Un jardín de lequé?

—Un jardín de lehuas —dijo—. Las flores que tienes en la cabeza son lehuas rojas.

Esas flores son el alimento preferido de un pajarito rojo que se llama apapane.

Me quedé mirando a ese hombre por un rato muy largo.

—Tienes demasiada información en la cabeza, Don —dije.

Donald se rió muy fuerte.

Así que yo también me reí.

Solo que no había sido un chiste.

Después de descansar, dimos la vuelta para regresar al autobús.

Mamá y papá y yo íbamos de últimos. Pero esta vez yo tenía que caminar más despacio. Por cuenta de que las flores se me caían de la cabeza. Y tenía que recogerlas y ponérmelas otra vez.

—Vamos, Junie B. —dijo mamá—. Vamos muy atrasados. Vas a tener que dejar en el suelo las flores que se te caigan.

Yo hice un *fruncido*.

—Pero me costó mucho trabajo hacer este arreglo de flores —dije—. Y no quiero volver al autobús sin nada.

Mamá pensó por un minuto.

Entonces, recogió más flores por el sendero. Y las tejió por toda mi cabeza. Además, también les puso unos ganchos para que no se cayeran.

—Ya. Con eso se arregla el problema —dijo—. Ahora vamos, tenemos que alcanzar a los demás.

Así que las dos comenzamos a correr.

Solo que peor para mí. Porque de pronto, se me zafó un zapato. Y tuve que sentarme a amarrármelo.

Y eso es lo último bueno que pasó.

¡FIIUUSS!

Sentí un zumbido.

¡FIIUUSS!

¡Hice un suspiro!

¡Un pajarito rojo chiquitito me voló frente a la cara!

Me quedé congelada.

El pajarito aleteó y revoloteó. Y pió y chirrió. Y subió y bajó.

Y entonces...

¡PLUF!

¡ESE PÁJARO LOCO SE POSÓ JUSTO ENCIMA DE MI CABEZA!

¡Mi boca intentó gritar! Pero no le salieron las palabras.

Me paré *escopeteada y intenté* espantar al pájaro. ¡Pero no paraba de volar encima de mí! ¡Y se quedó ahí!

Luego, por fin, ¡mi voz salió de adentro de mi boca!

—¡PÁJARO! ¡PÁJARO! —chillé—. ¡AUXILIO! ¡PÁJARO! ¡PÁJARO!

Mamá y papá vinieron corriendo.

¡Se quedaron congelados!

Luego intentaron espantar al pájaro. ¡Pero este seguía encima de mí!

De pronto, mamá se puso la mano en la boca.

—¡Ay, no! ¡Creo que está atascado! —dijo—. ¡Creo que se enredó en tu pelo!

Mis ojos se abrieron grandísimos con esa noticia.

—¿ENREDADO? —dije sin poder creer esa noticia—. ¿EL PÁJARO ESTÁ ENREDADO EN MI PELO? ¿ESTÁS BROMEANDO?

Comencé a chillar más fuerte.

—¡ESTÁ ENREDADO EN MI PELO!

¡ESTÁ ENREDADO! ¡AUXILIO! ¡SOCORRO! ¡PÁJARO ENREDADO!

Todos los del autobús corrieron a ver lo que pasaba.

Donald también corrió.

Cuando llegó, se paró enfrente del grupo y comenzó a dar órdenes.

—Bien —dijo—. Necesito que todos vayan al autobús ya mismo, por favor.

Los viejos se fueron.

Luego, Donald les habló a mamá y papá. Y *hizo* una voz muy calmada.

—Ustedes —dijo—, aléjense del pájaro.

Mamá y papá se miraron y retrocedieron unos pasos.

Después de eso, Donald se me acercó lentamente, se arrodilló junto a mí y me tomó la mano.

—¿Estás bien, cariño? —dijo.

Yo pestañeé dos veces.

—Tengo un pájaro en mi cabeza, Don —dije—. ¿Cómo puedo estar bien?

Donald sonrió.

—No sé —dijo él—. Pareces muy valiente.

Pensé por un minuto y *hice* un suspiro.

—No lo soy, Donald, no soy valiente —dije—. Me dan susto las anguilas y las medusas.

—Bienvenida al club —dijo Donald.

Después de eso, me dio una palmadita y me dijo qué hacer.

—Solo mantén la cabeza quieta —dijo—. Voy a dar la vuelta y a desenredar a este pajarillo por atrás, ¿te parece?

Mi corazón palpitó muy fuerte.

—Claro —dije.

Me quedé tan quieta como pude.

La voz de Donald seguía siendo muy calmada.

—Nunca en mis años como guía había visto algo así —dijo.

Yo alcé mis cejas.

—¿De verdad, Donald?

—De verdad —dijo—. Ojalá tuvieras una foto de esto. Una foto sería algo único.

¡En ese momento se me encendió el bombillo!

Hice un suspiro.

—Donald... tengo una cámara —dije, y señalé mi mochila que estaba en el suelo—. Está justo ahí.

Mamá se tapó la boca.

—Ay, cielos, se me olvidó por completo —dijo ella.

Entonces se agachó muy despacio y sacó la cámara de mi mochila y...

¡UN PÁJARO EN EL PELO!

Clic.

¡Tomó la foto!

Yo seguía quieta.

Sentí que Donald agarraba al pájaro con cuidado. Y le desenredó las patas de mi pelo.

Clic.

Mamá tomó otra foto.

¡Y hurra!

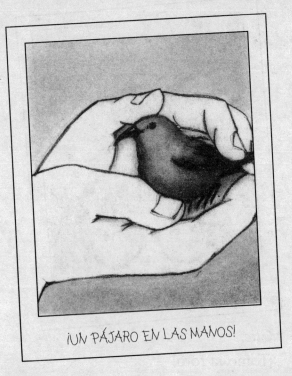

¡UN PÁJARO EN LAS MANOS!

Donald estiró las manos y me mostró al pajarito rojo chiquitito.

—¿Ves? —dijo—. No perdió ni una pluma. Bien hecho, señorita.

Yo sonreí muy aliviada.

—Bien hecho tú también, Donald —dije.

Él me guiñó un ojo.

—¿Qué te parece si tú y yo soltamos a este pequeñín para que vuelva a su árbol? —dijo—. Les podrá contar a sus amigos la gran aventura que tuvo, ¿no crees?

—¡Sí! —dije pensando en lo que contaría en Mostrar y Contar—. ¡Los dos podremos contar!

Después de eso, le pedí a mamá que me diera la cámara y yo y Donald caminamos por el sendero.

Donald puso al pajarito encima de una piedra, pero no lo soltó.

—¿Listos? —dijo.

—Listos —dije.

Donald retiró sus manos.

Y ¡FLAS, FLAS!

El pajarito comenzó a volar.

Yo comencé a sacarle fotos muy veloz.

Clic.

¡UN PÁJARO EN EL ÁRBOL!

Clic.

ADIÓS, PAJARITO.

Y entonces, ¡ZUM! Se fue volando.

Me quedé callada ahí durante un segundo.

Donald también estaba callado.

—Vaya —dije finalmente.

—Vaya —dijo Donald.

Nos miramos y sonreímos.

Yo apunté mi cámara una vez más.

Clic.

MI NUEVO AMIGO DON.

9

¡Aloha!

> Día cinco
>
> Querido diario de primer grado:
>
> Ya es mañana por la mañana.
>
> Mamá y papá siguen durmiendo.
> ¡Solo que ni siquiera sé cómo
> pudieron irse a dormir anoche!
>
> ¡Porque ayer fue el día más
> emocionante de mi vida!
>
> Donald habló por el ~~nicrófono~~ micrófono
> todo el camino.

Dijo que ese pájaro era un bebé. Y que había pensado que mi cabeza era una flor gigante, probablemente.

También dijo que yo había sido muy valiente. Y que era una niña ~~encantadora~~ encantadora.

Fue una conversación muy interesante.

¡Pero ahí ni siquiera se acabó mi día interesante del pájaro!

Por cuenta de que anoche me di un baño de burbujas. Y Espichador estaba enjabonado y calentito.

¿Y sabes qué?

¡Las burbujas hicieron que me lo pudiera quitar facilito!

¡Me estoy volviendo excelente con los pájaros!

Algún día voy a ser una guía de la naturaleza, creo.

Pensé durante un segundo.

Humm. O tal vez una periodista o fotógrafa, puede ser.

Me toqué la barbilla muy *piensadora*.

¡No, un momento! ¡Tal vez haga ~~areglos~~ arreglos de flores para la cabeza! Porque tengo talento para eso, creo.

De,

Junie B. Guía de la Naturaleza Y Otras Posibilidades

Puse el lápiz en la mesa y saqué mi diario fotográfico.

Porque después del paseo en autobús de ayer, fuimos a una farmacia. Y *hicimos* que nos imprimieran las fotos. Y salieron lindas, ¡te lo digo!

Se las mostré a Felipe Juan Bob y a Espichador y a ellos les encantaron.

Además, intenté enseñárselas a Dolores.

Pero estaba ocupada poniéndose crema en la cara.

Cuando terminé de mirar las fotos, las puse en orden en mi diario.

Y les escribí leyendas en letra clara y bonita.

Estaba muy contenta.

Día uno: SEÑORAS GRUÑONAS.

Día tres: EN HAWÁI ME PORTO COMO UNA TONTA.

Día dos: NIÑA TONTA Y ESPICHADOR.

Día cuatro: UN AUTOBÚS LLENO DE VIEJOS.

FABULOSA.

¡UN PÁJARO EN EL PELO!

¡UN PÁJARO EN LAS MANOS!

¡UN PÁJARO EN EL ÁRBOL!

ADIÓS, PAJARITO.

MI NUEVO AMIGO DON.

El Sr. Susto tenía razón. Un diario foto-gráfico puede contar una historia con fotos.

¡Y Don también tenía razón! ¡Mi foto del pájaro es única!

—Única —dije con un suspiro—. No hay nada mejor que una cosa única.

Abrí mi maleta y guardé el diario muy cuidadosa.

—El primer diario fotográfico *oficial* del Salón Uno —dije sonriendo.

Me paré derechita.

¡Porque la palabra oficial me hizo sentir más alta otra vez!

En ese momento, sonó la radio. Hoy iba a ser nuestro último día en Hawái y por eso mamá y papá habían puesto la alarma.

Yo miré el reloj y sonreí.

¡Todavía había tiempo para otro desa-yuno de panqueques!

Me acerqué a papá en puntas de pie y le soplé en la cara.

Él abrió un ojo.

Lo saludé.

—Aloha, ja —le susurré.

Papá se rió.

Le di un beso en el cachete.

Hawái fue la mejor época de mi vida.